Für ____________________

Von ____________________

FSC
www.fsc.org
MIX
Papier aus verantwortungsvollen Quellen
FSC® C106107

ISBN 978-3-649-67112-1

Hafenweg 30, 48155 Münster, Germany
Textsatz: Internetlitho, Münster
Covergestaltung: Nieschlag + Wentrup, Münster
Lektorat: Marielle Banker

Printed in Italy

www.coppenrath.de

Alex Steiner

ABFLUG

Heiterer Krimi zum Ruhestand

COPPENRATH

HEUTE
IST
EIN
GUTER
TAG
ZUM
LESEN

Was hätte Herbert dafür gegeben, einfach weiterzumachen wie in den letzten vierzig Jahren! Schadensfälle bearbeiten, Akten verschieben, Bescheide eintüten und in den Frühstückspausen die Post nach Briefmarken durchsehen. So war das Leben perfekt! Er liebte seinen gemütlichen Arbeitsplatz, die Büro-Strickjacke und vor allem seine bequemen Filzschuhe, die er jeden Morgen als Erstes anzog und wegen derer heimlich alle über ihn lachten. Aber sie sollten ruhig lachen. Er liebte es nun einmal, wenn das Leben ruhig und in geregelten Bahnen verlief, wenn überall Ordnung herrschte und keine Überraschungen zu befürchten waren. Und mal ganz ehrlich: War denn irgendetwas so schlimm daran?

Niemand konnte verstehen, warum er sich nicht auf den Ruhestand freute. Dabei musste man sich nur mal ansehen, was ihm da bevorstand: kein Büro, keine Akten, keine Filzschuhe, keine Briefmarken. Stattdessen: seine Frau, die Doris, die schon seit Monaten eine Weltreise für sie beide plante. Sie konnte es kaum erwarten, dass Herbert endlich in Rente ging und es losgehen konnte.

Dass so eine Weltreise das Gegenteil von Ruhe und Frieden war, stand außer Frage – da konnte Doris ihm erzählen, was sie wollte. Aber wenn sie sich erst einmal etwas in den Kopf gesetzt hatte, dann war auch mit guten Worten nicht mehr viel zu erreichen.

Herbert nahm die kupferne Gießkanne – ein Geschenk zum dreißigsten Dienstjubiläum. Vorsichtig prüfte er die Erde von Adrienne, seinem geliebten Gummibaum.

„Ach, Adrienne", sagte er bekümmert. „Ich wünschte wirklich, wir könnten einfach hierbleiben und weitermachen wie bisher."

Es war wichtig, mit Pflanzen zu sprechen, weil sie auch eine Seele hatten und durch direkte Ansprache besser wuchsen. Die Seele seines Gummibaums allerdings war etwas ganz Besonderes. Zu Adrienne hatte er eine tiefe Verbindung. An dem welken Blatt unten am Stamm konnte Herbert deutlich erkennen, wie sich seine Pflanze gerade fühlte.

„Ich kann dich gut verstehen, meine Liebe. Aber der Platz auf der Fensterbank in meinem Wohn-

zimmer ist auch nicht zu verachten. Es wird schon werden. Ich bin ganz sicher: Du und Doris, ihr werdet gut miteinander auskommen!“
Das war eine faustdicke Lüge, aber er wollte es Adrienne nicht noch schwerer machen, als es ohnehin schon war. Ganz behutsam nahm er das Blatt zwischen die Finger, brachte es jedoch nicht über sich, es abzuzupfen.
Plötzlich flog mit einem Knall Herberts Tür auf und die Kollegen spazierten mit Sektflaschen, Lachshäppchen und kleinen Schälchen voller Erdnüsse bewaffnet herein. Endlich war Feierabend und sie konnten Herbert gebührend verabschieden. Brockmann, der neue Chef, hatte nämlich eine Feier während der Arbeitszeit strikt untersagt. Folglich waren nur seine engsten Weggefährten gekommen und die restlichen Mitarbeiter aus der Schadensabteilung längst nach Hause gegangen.
Jeder hatte ein Geschenk mitgebracht. Klaus, der sich mit Herbert das Büro teilte und ein Hobby-Biker war, schenkte ihm ein Verkehrsschild – ein Warndreieck mit einem Männchen mit Rollator. Von Astrid, der Sekretärin, die ihren Schreibtisch

mit kleinen Einhornfigürchen zugepflastert hatte und auf deren Computerbildschirm immer irgendwelche großäugigen Comicfiguren herzige Lebensweisheiten kundtaten, bekam er eine Kaffeetasse geschenkt. Darauf war ein Bild mit einem Opa-Häschen mit Bart und Pfeife, das in einem Ohrensessel ein Buch las und Herbert so auf den Ruhestand einstimmen sollte. „Ist das nicht süß?", quiekte sie begeistert und brachte es kaum übers Herz, sich von der Tasse zu trennen.

Der Schulte, ihr Fachgruppenleiter und rotgesichtiger Gewerkschaftsvertreter mit leicht cholerischem Einschlag, nahm Herbert kumpelhaft in den Schwitzkasten und knuffte ihn derart, dass dieser sich bereits in der Notaufnahme des Krankenhauses sah. Dann schenkte er ihm ein Lupenset mit LED-Lampe und gab ihm das Versprechen, jemanden aufzutreiben, der in Zukunft für Herbert die Post nach Briefmarken durchsehen würde. Zuletzt kam Kevin an die Reihe, der in der Registraturabteilung in der Verwaltung arbeitete. Ein sehr liebenswerter, aber einfältiger Junge mit schiefen Zähnen und ein paar widerspenstigen Haarwirbeln, die jeden Versuch einer einigermaßen ordentlichen Frisur zunichtemachten. Er hatte ganz alleine ein Gedicht für Herbert geschrieben, das er jetzt etwas leiernd und stotternd vortrug.

„Du warst hier in der Schadensabteilung viele Jahr',
hast immer fleißig gearbeitet, das ist wahr.
Drum wünschen wir dir für deine Zukunft das Beste und hoffen, du kommst uns besuchen und feierst mit uns viele Feste."

„Du bist ja ein Poet, Kevin!", rief Herbert anerkennend.
Bewegt blickte er zu seinem Gummibaum. *Siehst du, Adrienne?*, hätte er am liebsten gesagt. *Das sind wahre Freunde.* Doch er hatte längst begriffen, dass Adrienne und er am besten nur „miteinander sprachen", wenn sie alleine waren. Die Leute hielten sie sonst für sonderbar, na ja zumindest ihn.
„Du hast es gut, Herbert", stöhnte Klaus, der sich mit einem Glas Sekt niedergelassen hatte. „Ich wünschte, ich könnte mit dir tauschen."

„Und zusammen mit Doris auf Weltreise gehen?“, fragte er verwundert. „Ich glaube nicht, dass dir das gefallen würde.“

„Nein, ich meine wegen Brockmann! Jetzt ist der richtige Zeitpunkt für dich, zu gehen.“

Und da waren sie wieder beim bestimmenden Thema der letzten Woche: Brockmann, der neue Chef.

„Das letzte Wort ist noch nicht gesprochen“, schaltete Schulte sich schnaubend ein. „Der kann hier nicht machen, was er will. Wir haben einen Betriebsrat!“

Er brachte sich in Stellung wie ein Kampfstier, der vorm Gatter darauf wartet, in die Arena gelassen zu werden.

„Wir sind hier nicht in einem rechtsfreien Raum. Wir müssen uns wehren. Zu den Waffen, Leute, zu den Waffen!“

Allerdings bezweifelte Herbert, dass sie gute Chancen hatten. Sie waren ja nicht das erste Unternehmen, dem so etwas passierte: Effizienzsteigerung, Output-Orientierung, Stellenstreichungen. Dazu ein Haufen Controller, die ihre

überhöhten Gehälter durch das Drangsalieren der restlichen Mitarbeiter finanzierten. Hier wehte nun ein anderer Wind.
Herbert hatte das schon zu spüren bekommen, als er beantragte, noch ein paar Jahre länger zu arbeiten. Vielleicht in Teilzeit. Aber Brockmann hatte nur laut gelacht. „Wir brauchen Leute, die frisch aus der Ausbildung kommen, die motiviert und leistungsbereit sind. Die sich nicht gegen Neuerungen sperren! Sie, Herbert“, hatte er gesagt und mit dem Zeigefinger gegen seine Brust getippt, „Sie sind für das Unternehmen wertlos.“
Wertlos. Der Brockmann war eben nicht nur ein Modernisierer, sondern zudem ein Arschloch.
„Vielleicht kann man den ja wegen sexueller Belästigung drankriegen“, schlug Astrid vor. „Neulich, als der Brockmann zu mir ins Zimmer kam, also ich muss schon sagen ... das war hart an der Grenze.“
Doch auf diese Aussage sprang nicht mal Schulte an. Alle nahmen eilig einen Schluck Sekt oder blickten verlegen zu Boden. Astrid hatte sich bisher noch an jeden Chef rangeschmissen. Das

hatte etwas mit ihren Liebesromanen zu tun. Ein Mann mit Geld und Einfluss verliebt sich in die einfache Sekretärin – das schien ihr zu gefallen. Brockmann hatte sich allerdings vollkommen desinteressiert gezeigt. Und das, obwohl Astrid im Grunde sehr attraktiv war. Für Herbert sahen Frauen unter vierzig zwar alle gleich aus, aber er hatte schon begriffen, dass Astrid einen ziemlichen Schlag bei den Männern hatte. Nur eben beim neuen Chef nicht.

„Da siehst du es. Du kannst froh sein, dass du in Rente gehst", sagte Klaus. „Immerhin bist du Brockmann dann los."

Herbert sagte nichts dazu. Sein Herz blutete. Warum waren Veränderungen überhaupt notwendig? Warum musste es neue Vorgesetzte geben? Oder den Ruhestand, wo man sich plötzlich ganz neu orientieren musste?

„Das mit deiner Doris, das wird schon", sagte Klaus. „Du musst ihr eben zeigen, wo der Hammer hängt."

Da kannte der seine Doris aber schlecht! Immerhin hatte sie Herbert dazu bekommen, mit ihr auf

Reisen zu gehen. Und das, obwohl er nur seinen Frieden wollte. Seinen Platz am Schreibtisch, seine Filzschuhe, die Briefmarken.

Je länger er darüber nachdachte, umso klarer wurde ihm, wie viel Stress diese ganzen Umwälzungen bedeuteten. Es war zum Weglaufen!

Und gerade, als Herbert zu dem Schluss kam, dass für seine ruhebedürftige Seele ein Mehr an Stress nur schwer vorstellbar wäre, drang ein gellender Schrei durch die Korridore der Schadensabteilung. Erschrocken hielten alle inne.

Es war der markerschütternde Schrei einer Frau gewesen.

Mitten im Büro des Chefs stand der wuchtige Putzwagen. Daneben hockte auf der Kante des Besucherstuhls Frau Ziegler, die Putzfrau, die jetzt ein einziges Nervenbündel war. Sie presste sich zitternd die Hand auf den Mund, atmete schwer und bekreuzigte sich mehrmals. Herbert kannte sie bislang nur als General im Putzkittel, die sehr ungemütlich werden konnte, wenn man ihr beim Saubermachen in die Quere kam. Deshalb war der Anblick dieses Häufchen Elends gleichermaßen verstörend wie der von Brockmann auf dem Fußboden hinter seinem Schreibtisch. Sein Kopf steckte in einer Plastiktüte. Herbert und seine Kollegen betrachteten völlig verdattert den reglosen Körper. Außer dem leisen Wimmern der Putzfrau war nichts zu hören.
Schulte erlangte als Erster die Fassung zurück. Er hockte sich neben den Chef und zog ihm vorsichtig die Tüte vom Kopf. Das Gesicht war blau angelaufen, die Augen glotzten ins Nichts. Kein gutes Zeichen, fand Herbert. Und tatsächlich, nachdem Schulte seinen Puls geprüft hatte, schüttelte er den Kopf.

„Er ist tot. Aber sein Körper ist noch warm. Das muss eben erst passiert sein!"
Die Putzfrau heulte kurz auf, doch Schulte fuhr ihr über den Mund.
„Frau Ziegler! Reißen Sie sich zusammen!"
„Die Polizei", jammerte sie. „Wir müssen die Polizei rufen!"
Doch Schulte hörte nicht auf Frau Ziegler, sondern rief zuerst beim Pförtner an. Dann wartete er und legte schließlich den Hörer wieder auf.
„Unten ist keiner mehr. Ist sicher schon alles abgeschlossen. Wie's aussieht, sind wir alleine im Gebäude", sagte Schulte.
Herbert, dessen Blick gerade noch an dem blau angelaufenen Gesicht seines Chefs geheftet hatte, sah nun zu den anderen auf. Ihm wurde klar, was das bedeutete.
Klaus war es, der es laut aussprach: „Dann war es einer von uns."
Ihre Gesichter sprachen Bände: Schulte sah aus, als würde er mit seinen Jungs aus der Gewerkschaft Poker spielen. Klaus machte eine Miene, als nähme er gerade mit dem Motorrad bei nasser Straße

eine Kurve. Astrid knetete nervös ihren Schlüsselanhänger – ein kleines Einhorn mit pinkfarbener Mähne und Glitzeraugen – und blickte dabei kalt und abschätzend. Und Kevin schaute wie immer ein wenig arglos, doch selbst in seinem Kopf schien es zu arbeiten. Es erschreckte offensichtlich niemanden, dass ein Mörder unter ihnen weilte. Als hätten alle schon einmal mit dem Gedanken gespielt, Brockmann umzubringen, und es nur nicht in die Tat umgesetzt.

Alle – außer Herbert natürlich.

„Was soll das heißen, einer von uns?“, stieß er hervor. „Ich war es jedenfalls nicht!“

Allein die Vorstellung war schon absurd.

„Oh mein Gott, der arme Herr Brockmann!“, klagte die Putzfrau.

„Gehen Sie“, fuhr Schulte sie an. „Rufen Sie die Polizei vom Zimmer nebenan. Schnell!“

Frau Ziegler sprang nervös auf und huschte davon. Nachdem sie fort war, griff eine eisige Stille im Raum um sich.

„Die Polizei wird den Mord einem von uns anhängen wollen“, bemerkte Klaus. „Die Frage ist nur, wem.“

Für Herbert stellte sich jedoch vielmehr die Frage, wer von ihnen in der Lage war, so etwas zu tun. Ein Mörder in der Schadensabteilung! Das war undenkbar.
„Also … ich war es nicht“, sagte er ein weiteres Mal mit Nachdruck, aber keiner beachtete ihn.
Aber ob er das im Zuge der Ermittlungen beweisen könnte? Vor der Abschiedsfeier hätte jeder die Zeit gehabt, ungesehen in Brockmanns Büro zu schleichen und … dies hier zu tun. Herbert genauso wie die anderen.
Adrienne. Sie war seine Zeugin! Das Problem war nur, dass nicht einmal sein engstes Umfeld seine Pflanze und ihre Botschaften verstand. Immer musste er allen erklären, was gerade in ihr vorging. Und die Polizei würde ihm ebenfalls kaum Glauben schenken, wenn er Adrienne für sie deutete.
„Es muss passiert sein, nachdem alle in den Feierabend gegangen sind. Kurz bevor Herberts Party anfing“, sagte Schulte.
„Du weißt ja sehr gut Bescheid“, sagte Klaus mit bissigem Unterton.

Schulte bedachte ihn lediglich mit einem kühlen Blick.

„Hört mal – wir geben uns einfach gegenseitig Alibis!“, platzte Astrid hervor. „Wir sagen, wir waren alle zusammen, als der Mord passierte.“

„Das nimmt uns keiner ab, wenn außer uns zur Tatzeit niemand im Gebäude war“, entgegnete Klaus.

Schulte musste Klaus wohl oder übel zustimmen. „Dann heißt es am Ende nur, wir hätten die Tat gemeinschaftlich begangen.“

Herbert konnte nicht glauben, was er da hörte. Er war doch kein Mörder, weder alleine noch gemeinschaftlich!

„Ich war es wirklich nicht und ich möchte auch nicht …“

„Ruhe, Herbert“, fauchte Schulte. „Ich muss nachdenken.“

Er beugte sich vor und betrachtete eingehend die Leiche.

„Ich scheide als Täterin wohl aus!“, konstatierte Astrid, ein wenig zu unbesorgt. „Ich bin viel zu schwach, um Brockmann mit einer Tüte zu ersticken.“

„Da wäre ich mir an deiner Stelle nicht so sicher“, sagte Schulte. „Es gibt keine Kampfspuren. Der Chef muss bewusstlos gewesen sein, als er erstickt wurde!“

„Wie das denn?“, fragte Klaus.

„Vielleicht ein Schlafmittel?“, schlug Astrid vor.

„Weißt du da etwa was?“, fragte Schulte und sah die Sekretärin unverwandt an. Er nahm die halbleere Kaffeetasse auf dem Bürotisch in Augenschein. „Da ist Pulver an der Untertasse …“

Er tippte die Fingerspitze hinein und begutachtete es nachdenklich.

„Koks ist es wohl nicht, oder?“, fragte Kevin.

„Koks wirkt aufputschend, Kevin. Bei unserem Chef sollte die gegenteilige Wirkung erzielt werden“, klärte Schulte ihn auf. „Ich schätze, Astrid hat recht – es ist ein Schlafmittel. Ein paar zerbröselte Pillen … Aus diesem Grund gibt es auch keine Hinweise darauf, dass Brockmann sich gewehrt hat. Siehst du? Dann kämst auch du infrage, Astrid.“

Herbert fragte sich verwundert, ob das hier tatsächlich seine Kollegen waren. Sie hörten sich eher

an wie ein Haufen Mafiosi, die miteinander palaverten.
Da entdeckte er einen ungeöffneten DIN-A4-Umschlag auf dem Tisch. Trotz der Stresssituation warf Herbert einen kurzen Blick auf die Briefmarke. Es handelte sich um eine seltene Sportmarke, genau die, die Herbert noch fehlte. Das war fast wie ein Sechser im Lotto! Aber durfte er einen Toten bestehlen? Er konnte einfach nicht anders. Unauffällig zog er das Kuvert vom Tisch.
Ein Martinshorn ertönte und zuckende Blaulichter fielen durchs Fenster. Astrid trat an die Scheibe und sah hinaus. „Die Bullen kommen!"
„Ich weiß, was wir machen", meinte Schulte merklich unruhiger als zuvor. „Jeder von uns belastet sich selbst. Alle mit der gleichen Geschichte: Schlafmittel und Plastiktüte. Wenn sie nicht herausfinden, wer von uns lügt, können sie keinen drankriegen. Entweder haben sie einen Schuldigen oder sie müssen uns alle laufen lassen."
„Willst du, dass wir dich vor der Polizei retten?", fragte Kevin misstrauisch. „Weil du das warst?"
„Ich will uns alle vor der Polizei retten! Dann

müssen sie nämlich jeden von uns laufen lassen."
„Meinst du, das funktioniert?", fragte Klaus skeptisch.
„Natürlich. Wir müssen einfach nur durchhalten und bei unseren Geschichten bleiben. Den Rest machen unsere Anwälte. Vertraut mir."
„Nennt man so etwas nicht ‚Falschaussage'?", fragte Astrid.
„Nur, wenn sie uns das nachweisen können", tönte Schulte fachmännisch. „Das ist ja der Witz dabei: Wenn alle bei ihrem Geständnis bleiben, können sie nicht herausfinden, wer eine Falschaussage gemacht hat und wer nicht."
Herbert glaubte, sich verhört zu haben. „Ich soll sagen, ich hätte den Brockmann umgebracht?"
Schulte wurde laut. „Herbert, du musst mitmachen! Wie alle anderen auch. Wir sind nur deinetwegen hier. Lass uns nicht hängen!"
Genau in diesem Moment stürmten die Uniformierten, begleitet von der jammernden Frau Ziegler, ins Chefbüro. Ihnen folgte ein großer, bulliger Mann mit dunkler Lederjacke – offenbar der Kommissar.

„Bitte treten Sie zurück“, sagte er laut. „Weiß jemand, was passiert ist?“
Herbert sah unglücklich in die Runde. Die anderen waren tatsächlich nur wegen ihm im Haus gewesen. Es hatte ja doch keinen Zweck. Leise und mit piepsiger Stimme sagte er: „Also gut. Ich war’s!“
Stille folgte. Der Kommissar wandte seinen Blick Herbert zu wie ein Raubtier, das seine Beute anvisiert. Lauernd, hungrig und ohne jegliches Mitleid.

Herbert kamen schnell Zweifel, ob die Selbstbeschuldigung wirklich eine gute Idee gewesen war. Die Vernehmungen durch die Polizei nahmen überhaupt kein Ende. Der Kommissar verschwand immer wieder auf dem Flur der Schadensabteilung, beriet sich mit seinen Kollegen, die zeitgleich mit den anderen sprachen. Anschließend kehrte er in den Raum zurück, in den sie Herbert gebracht hatten, um die immer gleichen Fragen durchzukauen.

Seine Frau Doris wartete derweil zu Hause mit dem Essen auf ihn, was ihm sehr wohl bewusst war. Wenn er sich nicht langsam auf den Weg machte, könnte der Abend noch sehr ungemütlich für ihn werden. Allerdings lag es außerhalb von Herberts Möglichkeiten, die Befragung zu beschleunigen.

Unruhig knickte er den DIN-A4-Umschlag, den er aus Brockmanns Zimmer hatte mitgehen lassen. Das Gute an der Arbeit in einem Bürogebäude war, dass Akten oder Post quasi unsichtbar waren. Wenn man dergleichen mit sich herumtrug, fiel das überhaupt nicht auf. Wenn all dies vorüber wäre, würde Herbert ganz in Ruhe die Sportmarke ablösen können.

„Zum zehnten Mal“, begann der Kommissar von Neuem. „Wo haben Sie das Schlafmittel gekauft?“

„In der Apotheke.“

„In welcher Apotheke?“

„Das habe ich vergessen.“

„Sagten Sie nicht, es war die Bahnhofsapotheke?“

„Ah ja! Richtig! Die Bahnhofsapotheke.“

„Die am Hauptbahnhof?“

„Genau die.“

„Eben war es noch die am Westbahnhof!“

Herbert schwieg. Er musste sich seine eigene Aussage unbedingt merken, sonst würde der Kommissar ihm nie glauben. Andererseits – er hatte die Tat ja auch nicht begangen. Vielleicht war da ein wenig Rumdrucksen ja erlaubt! Damit fiele er seinen Kollegen auch nicht in den Rücken.

„Verdammt noch mal!“ Der Mann schlug mit der Hand gegen die Wand. „Denken Sie, Sie können mir hier Märchen auftischen?“

„Selbstverständlich! Ich meine, natürlich nicht!“,

sagte Herbert und versuchte, seine Stimme unterwürfig klingen zu lassen.
„Das ist doch alles Unsinn!"
„Natürlich."
„Ich weiß doch, was hier läuft!"
„Natürlich." Er stockte. „Was läuft denn hier?"
„Sie haben sich abgesprochen! Jeder bekennt sich schuldig und deshalb wird keiner angeklagt. Das ist der Plan!"
Herbert schluckte. Er hätte gern noch mal mit Schulte geredet. Das war eben alles so unglaublich schnell gegangen in Brockmanns Büro.
„Ich sag Ihnen eins – so läuft das nicht", brauste der Kommissar auf, zügelte sich im nächsten Augenblick und lehnte sich zurück. Er betrachtete Herbert. „Sie gehen doch heute in Rente. Wollen Sie sich das wirklich verderben? Nach vierzig Jahren Aktengeschiebe von links nach rechts wollen Sie gleich ins nächste Gefängnis wandern? Denn glauben Sie mir, einer von Ihnen kommt heute ganz bestimmt hinter Gitter …"
„So übel waren die letzten vierzig Jahre nicht!", empörte sich Herbert.

Und wenn alles gut ging, dann würde auch sonst niemand ins Gefängnis kommen. Er durfte sich nur nicht einschüchtern lassen.
„Was ist mit Ihrem Gummibaum?"
„Adrienne?", fragte Herbert erschrocken.
„Ganz richtig", erwiderte dieser. „Ihre Pflanze."
Woher konnte dieser Teufel von ihm und Adrienne wissen? Wer war so gemein und hatte sie verraten? Sie war seine Achillesferse, sein Kryptonit. Wenn es um sie ging, dann würde er das hier nicht durchstehen.
„Sie glauben doch nicht, dass Sie dieses Ding mit ins Gefängnis nehmen dürfen?" Der Kommissar lachte schadenfroh. „Nicht, solange ich lebe." Er beugte sich vor und flüsterte: „Wenn ich Sie verhafte, dann sorge ich dafür, dass der Gummibaum ganz aus Versehen auf den Boden fällt. Ich werde ihn in den Müll schmeißen. Ganz einfach in den Hausmüll."
„Das dürfen Sie nicht!", rief Herbert verzweifelt. Das war das nackte Grauen.
„Sie sagen mir jetzt, wer den Mord begangen hat, und dann vergessen wir das Ganze."

„Aber das weiß – ich – nicht!“
Der Kommissar schien zu spüren, dass Herbert an dieser Stelle die Wahrheit sagte.
„Ihnen ist doch bewusst, dass Sie das schwächste Glied in der Kette sind? Und wenn überhaupt einer aus der Gesellschaft ausgegliedert wird, dann sind Sie das. Besser Sie helfen mir, den Mörder zu finden. Dann können Sie sich – und vor allem Ihren Gummibaum – vielleicht noch retten.“

Als Herbert in sein Büro trat, fiel ihm ein tonnenschwerer Stein vom Herzen. Da stand sie. Auf der Fensterbank. Seine Pflanze. Man hatte ihr kein Blatt gekrümmt.

„Du lieber Gott, du lebst!“, rief er.
Adrienne stand unbewegt da, als wollte sie fragen: Weshalb sollte ich denn nicht mehr leben? Herbert biss sich auf die Lippe. Besser, er sagte nichts. Er wollte ihr keine Angst einjagen. Adrienne sollte nicht wissen, was für üble Dinge gerade abliefen. So viel musste genügen: „Wir müssen den Mörder finden.“
Sie blieb völlig unbewegt.
„Du hast richtig gehört“, sagte Herbert. „Dieser Plan, den Schulte sich ausgedacht hat, funktioniert nämlich nicht.“
Und in Gedanken fügte er hinzu: ‚Wir dürfen nicht zulassen, dass du auf der Müllhalde landest.‘
Sein Telefon schrillte. Auf dem Display sah er, dass in der Zwischenzeit einige Anrufe mit derselben Rufnummer eingegangen waren. Es war seine Privatnummer: Doris.
Er warf Adrienne einen bedeutungsvollen Blick zu, nahm dann den Hörer ab.
„Herbert?“, krähte es ihm entgegen. „Hab ich dich endlich an der Strippe! Wo bleibst du denn bloß?

Ich habe doch für uns gekocht! Hast du etwa getrunken?"
„Nein, Doris. Ich habe …"
„Zur Feier des Tages gibt es Sauerbraten. Weißt du eigentlich, wie lange ich dafür in der Küche gestanden habe?", beklagte sie sich. „Und meine Klöße! Die fallen mir noch zusammen und das alles nur, weil du unpünktlich bist. So kenne ich dich ja gar nicht."
„Doris, bitte …"
„Du brauchst dich gar nicht herauszureden. Du kommst jetzt nach Hause, und zwar sofort."
Um sich Gehör zu verschaffen, wurde Herbert laut.
„Brockmann ist tot!"
Tatsächlich war sie für einen Moment sprachlos. Er holte Luft.
„Er ist ermordet worden. Die Polizei ist hier und sie befragen alle. Das dauert eben!"
„Und da hättest du mich nicht anrufen können, damit ich mit dem Kochen warte?"
Begriff sie denn gar nicht den Ernst der Situation?

„Vielleicht komme ich gar nicht mehr nach Hause!“, rief er verzweifelt. „Ich stehe hier unter Tatverdacht, Doris!“
„Das ist doch lächerlich. Du warst es nicht!“
„Sag das mal der Polizei.“
Ihre Stimme mutierte zu einem unheilvollen Flüstern: „Herbert, ich warne dich … Die Weltreise wird gemacht. Glaub nicht, dass du hinter Gittern vor mir in Sicherheit bist! Und jetzt sieh schon zu, dass du die Sache regelst.“
Nachdem er aufgelegt hatte, holte er tief Luft. Zu Adrienne gewandt sagte er: „Es ist nicht leicht für sie. Sie freut sich doch so auf diese Reise.“
Trotzdem. Einen Hauch an Mitgefühl hätte man schon erwarten können.
Die Tür öffnete sich und Klaus kam herein. Die Polizei hatte ihnen allen Fingerabdrücke abgenommen. Auch Klaus' Fingerkuppen waren schwarz, genau wie die von Herbert. Wenn der Täter Spuren am Tatort hinterlassen hatte, würde Schultes Plan definitiv überholt sein.
Als Klaus Herbert sah, blickte er sich aufgeregt um und schloss leise die Tür hinter sich.

„Ich glaube, die wissen nicht, dass du hier bist“, wisperte er. „Wir dürfen ja nicht miteinander reden.“
Herbert fragte ebenfalls im Flüsterton: „Wie ist es denn bei dir gelaufen? Das ist ein ganz schön harter Hund, dieser Kommissar.“
„Das kannst du wohl sagen. Wir müssen eben härter sein. Hast du dichtgehalten?“
„Natürlich.“
Herbert betrachtete seinen Kollegen. Wie viele Jahre teilten sie sich schon ein Büro? Es konnte doch unmöglich sein, dass Klaus einen Mord begangen hatte. Wer auch immer Brockmann auf dem Gewissen hatte, es musste einer der anderen sein. Oder?
„Was denkst du, wer es war, Klaus?“
„Ist doch vollkommen egal. Jeder hat Brockmann gehasst. Gut, dass er weg ist. Ich weine dem jedenfalls keine Träne nach!“
„Aber man braucht doch ein richtiges Motiv, damit die Polizei einem glaubt. Die wissen ja längst, was hier läuft. Haben sie dich nicht danach gefragt, weshalb du ihn aus dem Weg geräumt haben willst?“

„Sicher! Ich hab gesagt, dass der Brockmann mir die Pistole auf die Brust gesetzt hat. Zumindest im übertragenen Sinne… Da musste ich nicht mal lügen." Er seufzte und zog seine Schachtel Zigaretten hervor. „Ich muss erst mal eine rauchen."
„Hier im Büro? Bist du wahnsinnig geworden?"
„Wer sollte denn was dagegen sagen? Brockmann etwa?"
Da hatte er natürlich recht. Heute würde keiner auf das Rauchverbot pochen.
„Adrienne kann den Rauch nicht gut vertragen …"
„Herbert, jetzt lass doch mal den blöden Gummibaum."
Er zündete sich selbstsüchtig die Zigarette an.
Herbert fragte: „Wieso hat Brockmann dir die Pistole auf die Brust gesetzt?"
„Er hat die Internetnutzung überwachen lassen."
„Wirklich? Das wusste ich gar nicht."
Das konnte nichts Gutes geheißen haben. Klaus verbrachte den Großteil seiner Arbeitszeit damit, sich mit Motorrädern zu befassen und Beiträge in Internetforen und Fachzeitschriften zu schreiben. Außerdem plante er regelmäßig seine Touren und

pflegte eine Facebook-Fanseite von irgendeiner Werkstatt. Alles ganz in Ruhe.
„Er hat mir gedroht“, sagte Klaus. „Entweder sollte das aufhören oder ich wäre geflogen.“ Er schüttelte fassungslos den Kopf. „Ich sollte nach Output gemessen werden – und arbeiten, den ganzen Tag! Na ja, das hat sich ja jetzt zum Glück erledigt.“
Er nahm einen tiefen Zug und blies Rauch in die Luft.
„Außerdem wollte er mir verbieten, mit dem Motorrad zur Arbeit zu kommen. Irgendwas wegen der Unfallversicherung oder so.“
Herbert glaubte beinahe, Adrienne vorwurfsvoll hüsteln zu hören. Vielleicht wäre es besser, sie schon mal ins Auto zu tragen. Seine persönlichen Sachen waren bereits im Kofferraum verstaut. Damit würde er sie auch gleich vor diesem Kommissar in Sicherheit bringen. Er nahm sie vorsichtig von der Fensterbank. Sah das welke Blatt etwa noch schlechter aus als vor einer Stunde?
„Ich bringe mal meine Pflanze weg“, sagte er.
Klaus verdrehte die Augen, sagte aber nichts. Erst als Herbert bereits mit ihr in der Tür stand, fragte

er beiläufig: „Hat dich der Kommissar eigentlich auf den Gummibaum angesprochen?“

Herbert erstarrte. „Wieso fragst du?“

„Ach, ich weiß gar nicht, wie wir darauf gekommen sind. Irgendwie ging's plötzlich um deine Pflanze. Ich habe ein paar Witze gemacht. Hoffe, er hat dich nicht damit aufgezogen!“

Herbert fühlte sich, als würde ihm der Boden unter den Füßen weggezogen. Klaus war das gewesen, der dem Kommissar von seinem besonderen Verhältnis zu Adrienne erzählt hatte? Er hatte Witze gemacht und damit sein Glück und Adriennes Leben leichtfertig aufs Spiel gesetzt?

Diese Erkenntnis traf Herbert wie ein Schock.

„Du hast es getan“, stellte er düster fest. „Du hast Brockmann beseitigt.“

Klaus guckte entgeistert, doch Herbert ließ sich nicht beirren.

„Ich dachte, ich wüsste nach so vielen Jahren über dich Bescheid! Aber die Frage ist wohl: Wie gut kann man jemanden überhaupt kennen?“

„Spinnst du, Herbert? Was ist denn auf einmal los mit dir?“ Dann fragte er listig: „Willst du etwa von

dir selbst ablenken, weil du Brockmann erledigt hast?"
Herbert hörte schon gar nicht mehr zu. Er musste sein Pflänzchen in Sicherheit bringen. Ohne weiter auf seinen Kollegen zu achten, trat er in den Flur hinaus.
Sein Kollege und Freund Klaus hatte ihn an den Feind verraten. Das war schwer zu verdauen. Herbert war klar: Wer so etwas tat, der war auch fähig zu morden. Er musste unbedingt den Kommissar sprechen. Dann wären er und Adrienne aus dem Schneider. Aber ihm fehlten die Beweise! Er brauchte etwas, womit er Klaus festnageln konnte. Wenn er nicht glaubhaft begründen könnte, weshalb er Klaus für den Mörder hielt, würde der Verdacht nur noch stärker auf ihn selbst fallen.
„He, Sie da! Wo wollen Sie hin?"
Einer der Uniformierten, die vor Brockmanns offener Bürotür standen, kam auf ihn zu.
„Sie dürfen das Gebäude nicht verlassen, ehe die Befragungen beendet sind!"
„Das ist mir klar. Ich will nur rasch in die Tiefgarage und meinen Gummibaum ins Auto bringen!"

Da trat der Kommissar auf den Flur und winkte Herbert leicht genervt durch. Das schien dem Polizisten zwar nicht zu gefallen, er begnügte sich jedoch damit, Herbert böse Blicke zuzuwerfen.
Herbert steuerte mit Adrienne das Treppenhaus an. Er war bereits aus dem Blickfeld der Polizisten verschwunden, da hörte er einen der Kriminalbeamten zum Kommissar sagen: „Wir sind hier so weit durch."
„Wisst ihr schon, was für ein Zeug im Kaffee war?"
„Ein Schlafmittel. Wir lassen noch im Labor prüfen, um welches es sich genau handelt. Folgendes ist sicher: So schnell wie das gegangen sein muss, war das kein frei zugängliches Mittel. Der Brockmann war völlig weg, als er die Tüte übers Gesicht gezogen bekommen hat."
„Und du bist dir sicher, dass es was Verschreibungspflichtiges war?"
„Definitiv. Mehr kann ich aber im Moment noch nicht sagen."
Herbert trat ins Treppenhaus. Ein Gefühl der Beklemmung erfasste ihn. Es war also ein rezeptpflichtiges Schlafmittel verwendet worden. Und er

hatte schon eine ungute Ahnung, woher das stammen konnte. Es wäre wahrscheinlich besser, auf dem Weg zur Tiefgarage rasch in der Registraturabteilung bei Kevin vorbeizusehen.

Kevin war nicht an seinem Arbeitsplatz. Offenbar wurde er noch von der Polizei befragt. Herbert schaltete das Licht ein. Leuchtstoffröhren flackerten auf und warfen ein kaltes Licht in den Raum. Hier gab es einen Medikamentenschrank, eine Art Hausapotheke für die Schadensabteilung. Wer Aspirin oder Erkältungstropfen übrig hatte, brachte sie her und stellte sie der Allgemeinheit zur Verfügung.

So hatte Herbert das auch mit dem Schlafmittel gemacht, das seiner Frau verschrieben worden war. Typisch Doris. Erst hatte sie viel Wind um ihre Schlafstörungen gemacht und damit alle auf Trab gehalten, und als sich ihr Hausarzt endlich bereiterklärte, ihr etwas zu verschreiben, da wollte sie plötzlich keine Chemie in ihrem Körper haben, weil das innere Gleichgewicht dadurch gestört würde. Aus diesem Grund hatte Herbert die Pillen im Medikamentenschrank deponiert, falls jemand in der Schadensabteilung angesichts des neuen rauen Winds von schlaflosen Nächten geplagt wurde und mal ein wirklich gutes Schlafmittel brauchte.

Und heute hatte es also jemand gebraucht – wenn auch für einen anderen Zweck als beabsichtigt.

Vorsichtig stellte er Adrienne ab. Sie wirkte überhaupt nicht zufrieden, was er gut verstehen konnte. Gummibäume mochten generell keinen Standortwechsel und durch die Gegend getragen zu werden, war da erst recht eine Zumutung.

„Du wirst deinen Platz auf meiner Fensterbank mögen“, sagte er zärtlich.

Wenn er da nur sicher sein konnte. Doris würde die Beziehung zwischen ihm und Adrienne, wie sie sie im Büro hatten pflegen können, bestimmt nicht ohne Weiteres akzeptieren. Ihr würde sicher etwas einfallen, um die Sache zu beenden. Zu viel Dünger hier, ein bisschen zu viel Wasser dort – es gab viele Möglichkeiten, Adrienne Schaden zuzufügen. Er dachte besser nicht darüber nach.
Schweren Herzens öffnete er den Medikamentenschrank. Und tatsächlich, die Packung mit dem Schlafmittel war aufgerissen worden! Ungläubig nahm Herbert die Schachtel heraus. Sämtliche Pillen waren herausgedrückt worden. Betroffen strich er über die leeren Vertiefungen, drehte den Plastikstreifen herum, fasste ihn erst oben und dann unten an – bis ihm plötzlich klar wurde, was er da tat.
„Oh mein Gott, Adrienne!" Erschrocken ließ er die Pillenschachtel fallen. „Jetzt sind meine Fingerabdrücke überall!"
Er hätte sich ohrfeigen können. Das wusste man doch nach einmal *Tatort* gucken, wie man sich in so einer Situation verhalten musste! Mit der Pa-

ckung hätte er Klaus festnageln können. Stattdessen hatte er nun dessen Spuren abgewischt und durch seine eigenen ersetzt.
Mit einem Rums wurde die Tür aufgestoßen. Das musste Kevin sein. Herbert nahm eilig das Schlafmittel und steckte es in seine Hosentasche. Er musste es verschwinden lassen.
Doch es kam ein Putzwagen hereingerumpelt, geschoben von der resoluten Frau Ziegler, die sich allem Anschein nach inzwischen von dem Leichenfund erholt hatte. Als sie Herbert entdeckte, sackten ihre Mundwinkel nach unten.
„Raus hier", begrüßte sie ihn mit altbekannter Ruppigkeit. „Ich muss putzen. Sonst werde ich nie fertig."
„Frau Ziegler! Werden Sie denn gar nicht von der Polizei befragt? So wie die anderen?"
„Die sind fürs Erste fertig mit mir. Ich soll trotzdem im Gebäude bleiben. Was die alles wissen wollten! Dabei habe ich doch nur die Leiche gefunden."
„Und jetzt putzen Sie einfach weiter? Hat die Polizei das genehmigt?"

Sie stieß ein missmutiges Brummen aus. „Was man nicht weiß, macht einen nicht heiß. Oben ist alles voller Leute, da muss ich wohl warten. Aber hier unten kann ich schon mal sauber machen, das stört keinen."

Sie verschwand kurz auf dem Flur und zog dann einen großen Industriestaubsauger herein.

„Was ist denn noch?", raunzte sie Herbert an. „Sie stehen im Weg!"

Herbert dachte daran, dass Frau Ziegler jeden aus der Schadensabteilung kannte, und das seit Jahren, und fragte: „Halten Sie es für möglich, dass Klaus jemanden umbringt?"

„Ich halte das grundsätzlich bei jedem für möglich", sagte sie und riss grob am Staubsaugerkabel herum. „Aber wenn Sie mich fragen, wer Brockmann abgemurkst hat – es war der Kevin."

„Kevin?" Den hielt Herbert als allerletzten für tatverdächtig. Der Junge war ein bisschen schwer von Begriff, wie sollte er da einen Mord begehen?

„Brockmann wollte ihm kündigen", sagte die Ziegler. „Die Registraturabteilung wird doch aufgelöst – seine Stelle war hinfällig."

„Wer hätte uns denn dann die Akten ausgegeben?"
„Ihre Akten interessieren mich herzlich wenig. Ich muss jetzt wirklich arbeiten, bitte. Was ist mit dem Unkraut da? Kann das weg?"
Womit sie Adrienne meinte. Herbert nahm seine Pflanze schnell in die eine, das Kuvert mit der Sportmarke aus Brockmanns Büro in die andere Hand. Frau Ziegler kümmerte sich nicht weiter um ihn. Sie stellte den Staubsauger an und begann grimmig, den Teppichboden zu bearbeiten. Herbert trug seinen Gummibaum wie ein schlafendes Huhn an ihr vorbei und verschwand durch die Tür.
Auf dem Flur lief er Kevin in die Arme. Der grinste mit seinen schiefen Zähnen und schaute dabei unbedarft aus der Wäsche. Herbert konnte sich beileibe nicht vorstellen, dass Kevin die Befragung durchgehalten hatte. Doch der sagte: „Hat super geklappt! Der Kommissar dreht am Rad, aber er kann nichts machen!"
„Dann hast du nichts verraten?"
„Spinnst du? Das macht total Spaß! Alle halten dicht."

Herbert sah nachdenklich in die Richtung, aus der das Geräusch des Staubsaugers kam.
„Frau Ziegler denkt, du wärst es gewesen“, sagte er. „Weil Brockmann deine Stelle streichen wollte.“
„Und was, wenn ich's war?“ Kevin grinste noch breiter. Herberts perplexes Gesicht amüsierte ihn. „Gut, dass er tot ist“, sagte Kevin. „Ist mir egal, wer's gewesen ist. Außerdem hat Frau Ziegler selbst neulich eine Abmahnung bekommen. Weil sie irgendwo nicht richtig geputzt hatte. Sagt die Astrid zumindest … Die soll also mal schön ruhig sein mit ihren Verdächtigungen!“
Herberts Gewissheit geriet ins Wanken. Vielleicht war es gar nicht Klaus gewesen, sondern Kevin war der Mörder, so unvorstellbar das auch sein mochte.
„Aber wenn du mich fragst, dann war es wahrscheinlich Astrid“, sagte Kevin.
„Astrid? Warum hätte sie den Brockmann umbringen sollen?“
„Weil sie versucht hat, sich an ihn ranzumachen. Und er hat sie abblitzen lassen …“

„Das ist doch kein Grund für einen Mord! Der Brockmann stand halt eher auf… barocke Frauen. Munkelt man jedenfalls."
„Ach Quatsch. Der Brockmann stand auf Männer. Glaub mir, Herbert, das war ein ganz Perverser."
„Der Lukas von nebenan hat auch einen Freund. Das ist ein netter Junge und der ist keineswegs pervers!"
„Aber Brockmann war eine perverse Sau und deshalb hat Astrid ihn auch umgebracht."
„Das macht doch überhaupt keinen Sinn!"
Kevin schien dennoch sehr überzeugt zu sein. Herbert warf einen Blick auf den Flur, an dessen Ende das Sekretariat lag. Natürlich sollte er so bald wie möglich zu seinem Auto, um sein Pflänzchen in Sicherheit zu bringen. Andererseits – es wäre nur ein kleiner Umweg und er wollte herausfinden, wer Brockmann umgebracht hatte.
„Nur einen Moment, Adrienne", flüsterte Herbert.

Im Sekretariat war es ebenfalls dunkel. Herbert schaltete das Licht ein. Er wusste nicht genau, wonach er suchte, aber vielleicht entdeckte er irgendetwas, das ihm weiterhalf.
Herbert fragte sich, ob der Schreibtisch vor ihm wie der einer Mörderin aussah. Dann erinnerte er sich, wie Astrid sich angesichts des Leichenfunds wie auf Knopfdruck in eine Gangsterbraut verwandelt hatte. Eins hatte er heute gelernt: Jeder konnte ein paar mörderische Gedanken haben und potenziell der Täter sein.
Er zog ein paar Schubladen auf, ging durch das Postfach. Nichts. Er fand keinen Hinweis auf etwas, das mit dem Mord in Verbindung stand. Beim Blick in den Mülleimer wäre ihm beinahe ein Schrei entfahren.
„Siehst du das, Adrienne?" Empört zog Herbert ein paar Umschläge aus dem Mülleimer. „Da kleben noch Marken drauf. Astrid hat sie einfach weggeworfen!"
Dabei hatte sie ihm hoch und heilig geschworen, die Marken für ihn zur Seite zu legen. Es war unfassbar. Er zog die Umschläge hervor. Da waren

gar keine besonders tollen dabei, eigentlich nur solche, die er schon hatte.
„Dass sie die Leuchtturm-Marke wegwirft, könnte ich noch verkraften“, sagte er zu Adrienne. „Aber hier: 125 Jahre bayerischer Gebirgstrachtenverband. Die kann man doch nicht entsorgen! Also wirklich! Möglicherweise ist Astrid ja doch unsere Mörderin. Wenn ich mir das hier ansehe, schließe ich nichts mehr aus.“
Es waren verzerrte Stimmen zu hören. Sie kamen durch den Lüftungsschacht. Zuerst war da der Kommissar, der wie wild herumschrie. Dann Schulte, und der tobte nicht minder kräftig. Einzelne Worte konnte Herbert jedoch nicht verstehen, und schließlich wurde es wieder ruhig.
Er schaute sich die Briefmarke auf dem Umschlag aus Brockmanns Büro noch einmal genau an. Die Zeichnung zeigte einen Skiläufer im Rollstuhl aus der Themenreihe Behindertensport. Einsfünfundvierzig plus fünfundfünfzig Cent für die Wohlfahrtspflege. Herbert wurde warm ums Herz. Der Stempel saß ganz akkurat unten rechts in der Ecke. Wie gemalt.

Großflächig riss er ein Loch in den Umschlag, um die Briefmarke zu befreien. Was immer das für eine Sendung war, Brockmann würde sie nicht mehr brauchen. Er konnte den Rest gleich hier in den Mülleimer der Verräterin werfen und dann sämtliche Briefmarken in sein Portemonnaie stecken, damit er sie später zu Hause im Wasserbad ablösen konnte.

Dann siegte aber die Neugier und Herbert lugte vorsichtig in das Kuvert. Was er sah, ließ sein Herz für einen Schlag aussetzen: Es war ein Pornomagazin; und nicht irgendeins. Die im Heft abgebildeten Frauen waren alle jenseits der fünfzig und ziemlich beleibt.

„Was soll man davon halten?"

Adrienne wirkte ebenfalls beschämt.

Diese Frauen sahen gar nicht wie Pin-up-Girls aus, sondern eher wie seine Frau. Er dachte an ihr Ehebett, an die Biberbettwäsche mit dem Blumenmuster, die Porzellanfiguren auf dem Nachttisch und die Pferdebilder, die Doris übers Bett gehängt hatte. Wenn er sich vorstellte, dass sie in so einem Heftchen … Nicht auszudenken!

„So ein Ferkel!“, sagte er.
Kevin hatte recht behalten, der Brockmann war tatsächlich pervers gewesen.
Er hätte schwören können, Adrienne hätte soeben ihre Blätter abgewendet. Eilig warf er den Umschlag und das Heft in den Müll. Ältere Frauen auf ihre Körperlichkeit zu reduzieren …
Das Telefon klingelte. Herbert fühlte sich natürlich nicht zuständig, dennoch warf er einen kurzen Blick aufs Display. Es war seine Privatnummer. Schon wieder Doris. Als hätte sie gespürt, dass er gerade an sie gedacht hatte! Aber weshalb rief sie im Sekretariat an? Dafür gab es nur eine Erklärung: Sie hatte ihn in seinem Büro nicht erreicht und konnte einfach keine Ruhe geben.
Nach kurzem Zögern nahm er den Anruf entgegen.
„Was machst du denn im Sekretariat?“ Doris wartete die Antwort gar nicht erst ab. „Ich bin langsam stinksauer, Herbert. Was denkst du eigentlich, wer ich bin? Hast du wenigstens die Sache mit der Polizei aus der Welt geschafft?“

Er schenkte Adrienne einen vielsagenden Blick. „Ich bin noch dabei."
„Das ist doch lächerlich – du und ein Mord", bellte sie. „Diese Polizisten haben keine Ahnung von ihrer Arbeit, wie es aussieht. Wieso dauert das so lange?"
„Der Kommissar ist beinhart, das kannst du mir glauben."
„So ein Unsinn. Das muss ein totaler Idiot sein."
„Er hat gedroht, Adrienne in den Müll zu werfen!"
Es war ihm einfach herausgerutscht. Ein schwerer Fehler, wie Herbert sofort erkannte.
„Deinen Gummibaum?", fragte Doris argwöhnisch. „Na, lass den Mann doch. Mit nach Hause brauchst du den eh nicht zu bringen. Hier ist kein Platz mehr, wir haben genug Zimmerpflanzen."
„Aber …"
„Außerdem kommen die Pflanzen sowieso weg, wenn wir auf unsere Reise gehen. Dann muss sich keiner ums Gießen kümmern. Wir kaufen ein paar neue, wenn wir wieder da sind."
Doris' Tonfall duldete keinen Widerspruch. Es war längst abgemachte Sache.

„Doris, du kannst doch nicht…“, versuchte er es verzweifelt.
Doch sie schnitt ihm das Wort ab. „Wenn du in einer halben Stunde nicht zu Hause bist, kriegen wir ernsthaft Ärger miteinander, mein Lieber.“
Damit legte sie auf.
„Ich lass mir was einfallen!“, sagte Herbert energisch zu Adrienne gewandt. Trotzdem schien sich der Zustand ihres ohnehin schon welken Blattes weiter zu verschlechtern.
Auf dem Flur rief jemand seinen Namen. Es war Kevin. Herbert löschte das Licht und trat mit Adrienne im Arm auf den Flur.
„Du sollst nach oben kommen“, sagte Kevin. „Der Kommissar will noch mal mit dir sprechen.“
Auf dem Flur vor Brockmanns Büro herrschte eine eigenartige Stimmung. Alle standen beisammen, aber keiner gab einen Laut von sich. Irgendetwas musste passiert sein. Doch Klaus' Gesichtsausdruck war nicht zu deuten und der von Schulte war offen feindselig. Astrid hingegen blickte zu Boden, als würde sie Herbert nicht direkt ansehen wollen. Herbert sah irritiert zu Kevin, der ihn

hergebracht hatte. Kevin aber guckte einfach wie immer etwas dümmlich vor sich hin.
Herbert hätte sich gern mit den anderen besprochen. Aber da trat der Kommissar auf den Flur und winkte ihn zu sich heran.
„Da sind Sie ja, kommen Sie“, knurrte er.
Wenn Herbert doch wenigstens Adrienne ins Auto gebracht hätte! Jetzt musste er noch einmal mit ihr in die Höhle des Löwen. Das welke Blatt war in dieser Stresssituation inzwischen kurz davor abzufallen.
„Ist denn nicht schon alles gesagt?“, fragte er ängstlich. „Ich verstehe das gar nicht.“
Der Kommissar setzte sich ihm gegenüber.
„Die Lage hat sich geändert“, begann er. Nach einer dramatischen Pause fügte er hinzu: „Die anderen haben ihr Geständnis zurückgezogen.“

„Man hat Sie ausgetrickst!“, meinte der Kommissar.
Herbert dachte an die Gesichter der anderen im Flur und ihm wurde klar, weshalb alle so merkwürdig gewesen waren. In seiner Vertrauensseligkeit war er viel zu unachtsam gewesen. Es musste ein Leichtes gewesen sein, ihn zu hintergehen.
Er deutete auf die schwarze Tinte an seinen Fingerspitzen.
„Was ist denn mit den Fingerabdrücken?“, fragte er. „Oder den DNA-Spuren?“
„Alles sauber. Da war jemand sehr gründlich. Es gibt keine Spuren an der Leiche.“
Allerdings hatte er in der Hosentasche das wahrscheinlich einzige Indiz, auf dem sich Fingerabdrücke befanden. Das sprach also dummerweise gegen ihn.
Der Kommissar blickte ihn an. „Wollen Sie jetzt mit der Wahrheit herausrücken oder nicht? Sie wissen doch, wer den Mord begangen hat!“
Die Wahrheit? Was hatte das noch für einen Sinn? Es war so, wie der Kommissar bereits treffend festgestellt hatte: Herbert war das schwächste Glied in

der Kette. Und so hatten die lieben Kollegen ein doppeltes Spiel mit ihm gespielt.
Es war alles hoffnungslos.
„Also schön, ich sage die Wahrheit. Aber nur unter einer Bedingung!"
„Die wäre?", fragte der Kommissar.
„Sie tun meiner Pflanze nichts an. Sie bleibt unversehrt!"
Der Kommissar blickte irritiert, dann fiel es ihm wieder ein.
„Der Gummibaum?", fragte er, als hätte er seine Drohung längst wieder vergessen. „Keine Sorge, dem passiert nichts."
Herbert wollte immerhin versuchen, das Gute an der Sache zu sehen. Wenn er ins Gefängnis ging, müsste er keine Weltreise machen. Adrienne würde nichts passieren und ebenso wenig würde sie vertrocknen, während er Doris in Mexiko oder sonst wo hinterherlief. So gesehen war eine Zelle keine schlechte Alternative! Was hatte der Kommissar anfangs noch gefragt? Ob er nach vierzig Jahren im Büro in den nächsten Knast wolle, anstatt endlich frei zu sein? Wenn es dort wer-

den würde wie in der Schadensabteilung, dachte Herbert, dann sollte es nicht zu seinem Nachteil sein. Seine einzige Sorge war nur noch, dass die Lichtverhältnisse für Adrienne nicht ideal wären. Aber das war auch schon alles.

„Brockmann hat gesagt, ich sei wertlos“, sagte er. „Nach vierzig Jahren, in denen ich immer meine Arbeit gemacht habe! Die Versicherung brauche Leute wie mich nicht. Können Sie sich das vorstellen? Wertlos, hat er gesagt!“

Der Blick des Kommissars war undurchdringlich.

„Ich habe das Schlafmittel aus dem Medikamentenschrank genommen. Ich wusste ja, dass Brockmann stärker ist als ich. Ein Kampf kam nicht infrage. Deshalb habe ich das Schlafmittel zerkleinert und in seinen Kaffee gerührt. Als er dann schlafend am Boden lag, habe ich einfach die Tüte genommen und sie ihm über den Kopf gezogen. Es war ganz einfach!“

„Dann waren Sie es. Sie haben Ihren Chef ermordet.“

„Ja. Ich war's. Die anderen sind unschuldig.“

Der Kommissar wartete, ob noch etwas passier-

te. Aber Herbert war fertig mit seiner Aussage. Er hielt Adrienne fest an sich gedrückt. Immerhin würden sie gemeinsam in den Knast gehen.
Der Kommissar stand auf und trat ans Fenster. Herbert rechnete damit, dass er nun von den Uniformierten abgeführt würde, stattdessen sagte der Kommissar, ohne den Blick vom Fenster abzuwenden: „Machen Sie sich vom Acker. Verschwinden Sie schon!"

Schulte hatte seine Anwälte kommen lassen und die heizten dem Kommissar ordentlich ein. Die Polizei versiegelte ihrerseits Brockmanns Büro. Mehr konnten sie nicht tun. Die Sache sei noch nicht zu Ende, meinte der Kommissar wütend. Aber allen war klar: Er hatte eine empfindliche Niederlage erlitten. Die Befragungen waren ergebnislos verlaufen und in Zukunft würden die Anwälte im Vernehmungsraum mit dabei sein. Die Chancen, den Täter jetzt noch zu erwischen, standen gleich null.

„Und mir hat er gesagt, ihr hättet euer Geständnis zurückgezogen“, sagte Herbert, nachdem die Polizei fort war. „Ist das zu glauben?“

„Wir wussten, was er vorhatte.“ Schulte klopfte Herbert kräftig auf die Schulter. „Er hat dir eine Falle gestellt. Wir konnten dir keinen Hinweis geben. Und trotzdem hast du durchgehalten!“

„Du bist der Größte“, sagte Astrid freudestrahlend und Klaus fügte hinzu: „Nerven aus Stahl hat er, unser Herbert.“

Alle waren furchtbar stolz auf ihn. Schultes Plan war tatsächlich aufgegangen. Sie hatten die Sache so gut wie überstanden.

Gemeinsam kehrten sie zurück in Herberts Büro, wo noch immer der Sekt und die Häppchen standen. Jetzt gab es einen zweiten Grund zum Feiern.

Sie setzten sich auf ihre alten Plätze, als wäre die Feier nur durch eine Zigarettenpause unterbrochen worden. Sektgläser klirrten und Herbert wurde mit guten Wünschen für seine Zukunft überschüttet.
„Eines interessiert mich aber doch noch", sagte Herbert schließlich. „Wer ist denn nun für den Mord verantwortlich? Einer muss es ja gewesen sein …"
„Ist doch egal", schoss Schulte zurück. „Der Brockmann war ein Drecksack. Im Prinzip hätte den jeder von uns gern zur Strecke gebracht, oder? So ist es doch!"
Er machte den Standpunkt mit seiner ganzen Autorität als Gewerkschaftsvertreter klar. Keiner widersprach, auch Herbert nicht. Dennoch hakte Schulte mit drohendem Unterton nach: „So ist es doch, Herbert?"
„So ist es!", sagte der schnell. „Aber ist es nicht kurios, dass die Polizei überhaupt keine Spuren an der Leiche gefunden hat?"
„Da hat eben jemand sehr ordentlich seine Arbeit verrichtet", sagte Klaus. „Ich frage mich, wo der

kaum übersehbare Briefumschlag geblieben ist, der auf Brockmanns Schreibtisch lag. Die Polizei hat ihn jedenfalls nicht."
„Der ist dir aufgefallen? Wo gibt's denn so was?", verriet sich Herbert mit seiner Frage. „Da klebte eine Wohlfahrtsmarke drauf. Ich musste ihn unbedingt einstecken."
Klaus grinste, und Schulte schlug Herbert erneut wohlwollend und so schwungvoll auf den Rücken, dass der husten musste.
„Es ist kein Verbrechen, einen Toten zu bestehlen", sagte Schulte. „Schwamm drüber."
Herbert konnte es nicht mehr für sich behalten.
„Da war ein Pornomagazin drin!" Das allein löste schon Heiterkeit aus. „Mit übergewichtigen Frauen über fünfzig. Ich schwöre, da hätte man genauso gut ein Nacktfoto von Doris veröffentlichen können!"
Jetzt gab es kein Halten mehr. Die ganze Anspannung der letzten Stunden fiel von ihnen ab. Vor allem Astrid nahm die Neuigkeit mit großer Genugtuung auf.
„Dann heißt es jetzt endlich Abflug für dich", sagte Schulte irgendwann. „Es geht auf Weltreise?"

„Ja, auf Weltreise.“ Herberts Stimmung verdüsterte sich ein wenig. „Ich würde lieber hier in der Schadensabteilung bleiben …“

Damit erntete er verdutzte Gesichter. Aber bevor jemand etwas dazu sagen konnte, flog die Tür auf und Frau Ziegler kam herein.

„Sind Sie immer noch da?“, bellte sie.

„Herbert feiert seinen Abschied“, sagte Astrid. „Außerdem ist die Polizei gerade erst abgezogen. – Trinken Sie doch ein Gläschen mit uns, Frau Ziegler.“

„Sollen wir hier alle im Dreck leben?“

„Lassen Sie dieses Büro heute einmal aus“, sagte Schulte. „Das geht schon in Ordnung, wir haben schließlich einen Todesfall. Gehen Sie einfach nach Hause, Frau Ziegler.“

Sie stieß die Luft aus, als würde es ihr im Leben nicht einfallen, Brockmanns Tod zu betrauern.

„Lustmolch, unverschämter“, sagte sie und wendete den Putzwagen. „Gut, dass er tot ist.“

Damit verschwand sie aus dem Büro. Die anderen starrten sich an. Man konnte ihnen regelrecht ansehen, wie sie eins und eins zusammen-

zählten. – Frau Ziegler war ebenfalls zur Tatzeit im Gebäude gewesen. Herbert fiel ein, was Kevin ihm gesagt hatte.
„Astrid, stimmt es, dass Brockmann Frau Ziegler abgemahnt hatte?“, fragte er.
Die nickte. „Sie sollte etwas für ihn tun“, hauchte sie. „Sonst hätte sie ihren Job verloren. Ich hab die beiden in der Kantine belauscht. Hab gedacht, es ginge ums Putzen …“
„Etwas für ihn tun …“, raunte Herbert bedeutungsschwer.
Nicht nur Doris, auch Frau Ziegler hätte dem Aussehen und der Statur nach eine der Frauen aus dem Pornoheft sein können.
„Heißt das etwa …?“, stieß Herbert hervor.
Es waren keine Spuren gefunden worden, weil jemand penibel sauber gemacht hatte … Frau Ziegler hatte Brockmanns Leiche „gefunden“ und ihr Schrei alle in sein Büro gelockt. Aber scheinbar war alles nur vorgespielt. Bei der Polizei hatte sie vermutlich kein Wort über Brockmanns heimliche Vorliebe für ältere, beleibte Frauen verloren. Frau Ziegler war außerdem die einzige gewesen,

die sich nicht für schuldig erklärt hatte. Herbert und seine Kollegen hatten mit ihrem Bluff den Verdacht weiter von ihrer Putzfrau abgelenkt.
Es folgte Schweigen. Bis Schulte sagte: „Jetzt ist es auch egal. Was interessiert es uns?“
„Aber müssen wir nicht zur Polizei?“, meinte Klaus.
„Wozu denn?“, fragte Schulte. „Ist doch alles perfekt gelaufen. Wir haben den Brockmann überlebt!“
Dann nahm er sein Glas und hob es in die Luft.
„Auf Herbert“, sagte er. „Auf seinen Abflug.“
„Auf Herbert!“, riefen alle.

Obwohl er ein bisschen zu viel getrunken hatte, fuhr Herbert mit dem Auto nach Hause. Er glaubte zwar, dass Adrienne das ganz und gar

nicht guthieß, wenn er alkoholisiert am Steuer saß, doch das konnte seiner guten Laune keinen Abbruch tun.
„Ich fahre ganz vorsichtig. Kommt auch nicht wieder vor, versprochen."
Als er am Straßenrand vor seinem Haus parkte, sah er Doris bereits durchs Küchenfenster. Wie es schien, war das Essen kalt geworden und die Klöße waren zusammengefallen, denn sie bearbeitete die Spüle wütend mit einem Schwamm und schimpfte lautstark vor sich hin. Es würde sicher nicht angenehm für Herbert werden. Gleichwohl blieb seine Laune unverändert gut.
„Keine Sorge, ich gehe nicht weg", sagte er. „Wir bleiben schön zu Hause, Adrienne!"
Herbert würde mit seiner Strickjacke und seinen Filzpantoffeln im Wohnzimmer Briefmarken sortieren, während Adrienne gleich neben ihm auf der Fensterbank stand. Ein schönes ruhiges Leben würden sie haben. Ganz ohne Überraschungen!
Herbert wollte seine Pflanze nicht mit den Einzelheiten belasten, aber der Ruhestand hatte nun seinen Schrecken verloren. Frau Ziegler hatte ihm

vorgemacht, wie es ging. Wichtig war nur, sich nicht erwischen zu lassen.

„Ich lass mir was einfallen“, sagte er.

Und dann würde endlich Ruhe einkehren.